Louise [...]

Sophie est la honte
de la famille

**Illustrations
de Marie-Louise Gay**

la courte échelle

Les éditions de la courte échelle inc.
5243, boul. Saint-Laurent
Montréal (Québec) H2T 1S4

Direction artistique:
Annie Langlois

Révision:
Sophie Sainte-Marie

Conception graphique de la couverture:
Elastik

Conception graphique de l'intérieur:
Derome design inc.

Mise en pages:
Folio infographie

Dépôt légal, 3ᵉ trimestre 2005
Bibliothèque nationale du Québec

La courte échelle reconnaît l'aide financière du gouvernement du
Canada par l'entremise du Programme d'aide au développement de
l'industrie de l'édition pour ses activités d'édition. La courte échelle
est aussi inscrite au programme de subvention globale du Conseil
des Arts du Canada et reçoit l'appui du gouvernement du Québec par
l'intermédiaire de la SODEC.

La courte échelle bénéficie également du Programme de crédit d'impôt
pour l'édition de livres — Gestion SODEC — du gouvernement du
Québec.

Données de catalogage avant publication (Canada)

Leblanc, Louise

    Sophie est la honte de la famille

    (Premier Roman; PR148)

    ISBN 2-89021-773-6

    I. Gay, Marie-Louise. II. Titre. III. Collection.

PS8573.E25S663   2005   jC843'.54   C2005-941188-0
PS9573.E25S663   2005

Imprimé au Canada

Louise Leblanc

Née à Montréal, Louise Leblanc a d'abord enseigné le français, avant d'exercer différents métiers: mannequin, recherchiste, rédactrice publicitaire. Elle a aussi fait du théâtre, du mime, de la danse, du piano et elle pratique plusieurs sports.

Depuis 1985, elle se consacre à l'écriture. Sa série Léonard, publiée dans la collection Premier Roman, fait un malheur auprès des jeunes amateurs de vampires. *Deux amis dans la nuit*, le deuxième titre de la série, a d'ailleurs remporté le prix du livre de jeunesse Québec/ Wallonie-Bruxelles 1998. Son héroïne Sophie connaît aussi un grand succès. En 1993, Louise Leblanc obtenait la première place au palmarès des clubs de la Livromagie pour *Sophie lance et compte*. Plusieurs titres de cette série sont traduits en anglais, en espagnol, en danois, en grec et en slovène. Louise Leblanc est également auteure de nouvelles et de romans pour les adultes, dont *37$^{1}/_{2}AA$* qui lui a valu le prix Robert-Cliche, et elle écrit pour la radio et la télévision.

Marie-Louise Gay

Née à Québec, Marie-Louise Gay a étudié à Montréal et à San Francisco. Depuis plus de vingt ans, elle écrit et illustre ses propres albums. Elle est également l'auteure de plusieurs pièces de théâtre pour les jeunes, dont *Qui a peur de Loulou?* et *Le jardin de Babel*, pour lesquelles elle a créé les costumes, les décors et les marionnettes. Son talent dépasse les frontières du Québec, puisque l'on retrouve ses livres dans plusieurs pays dans le monde. Elle a remporté de nombreux prix prestigieux dont, en 1984, les deux prix du Conseil des Arts en illustration jeunesse, catégories française et anglaise, et, en 1987 et en 2000, le prix du Gouverneur général.

Louise Leblanc

Sophie est la honte de la famille

Illustrations
de Marie-Louise Gay

la courte échelle

À Pascale et à Lorenzo,
mes conseillers spéciaux

1
Sophie n'a pas besoin d'étudier

Fiou, que je suis énervée! Je participe à l'émission *La route des étoiles* et l'animatrice s'apprête à annoncer le résultat du vote:

— La grande gagnante est… SOPHIE!

La foule se lève pour m'applaudir. Un triomphe!

Parmi les bravos, j'entends des bips bips. Hein? Grrr, c'est mon réveille-matin.

Le silence qui suit est terrible. La réalité plonge dedans comme un poisson dans l'eau. Et mes problèmes refont surface.

Je tremble depuis deux jours. Mon bulletin doit arriver et mes notes sont pourries. Mes parents vont en mourir. Mais, j'y pense! Ils n'ont peut-être pas pris le courrier d'hier.

Je bondis hors du lit. Je saute dans mes vêtements et je vole jusqu'à la boîte aux lettres. Elle est pleine, youpi! Je sors le paquet et je le fouille. Aucun bulletin. Je n'en reviens pas. Je me rends à la cuisine, perdue dans mes réflexions.

— Voici notre nouveau facteur! lance ma mère.

Quelle idiote je suis! J'ai apporté le courrier.

— C'est ça que tu cherches? demande mon père en jetant mon bulletin dans mon assiette.

Je voudrais disparaître sous la table.

— Tu as décidé de recommencer tous tes cours, affirme-t-il sans rire.

Mon frère Laurent en profite pour me narguer:

— On serait ensemble!

Ma mère le remet à sa place aussitôt:

— À la condition que tu ne recommences pas toi-même tous tes cours.

— Vous n'avez aucune excuse, sinon la paresse, prétend mon père. Vous ne travaillez pas assez.

Je proteste:

— J'étudie dans ma chambre tous les jours.

— Tu n'as pas la bonne méthode, dit mon frère Julien.

Qu'est-ce qu'il va me sortir, le petit génie?

— Tu étudies dans ton lit avec ton baladeur. Et alors tu es dans la lune et…

— Dans les étoiles! ajoute ma mère.

— … toile! hurle Bébé-Ange en tapant dans ses céréales en forme d'étoile.

Elle rigole, fière de son nouveau mot. Elle rira moins lorsqu'elle devra étudier pour apprendre.

— Tu n'as que cette émission de chansons en tête, reprend mon père. Ce n'est pas sérieux, Sophie.

— Au contraire! Plus tard, je veux gagner *La route des étoiles*.

— En attendant, tu vas regagner le chemin de l'école. Et

toi aussi, Laurent. Tous les deux!

— Tous les trois, dit ma mère d'un drôle d'air.

— Julien n'a pas de problème! s'étonne mon père.

— Je parlais de moi, précise ma mère. Je veux terminer mon cours collégial. Je suis déjà inscrite.

Là, mon père est vraiment étonné. Et nous aussi, fiou. Ma mère nous laisse tomber alors qu'on a de mauvaises notes! C'est scandaleux.

— L'autobus! crie Julien qui s'éjecte de sa chaise.

— Sophie! Laurent! Allez, dépêchez-vous!

Mon père nous met carrément à la porte. Je crois qu'il a hâte de discuter avec ma mère. Il n'est

pas content qu'elle reprenne le chemin de l'école.

Dans l'autobus, je me plains à mes amis.

— Finies les gâteries, si ma mère retourne à l'école.

Pierre Lapierre, le dur, m'encourage à sa façon:

— Elle te surveillera moins, grosse tête!

— Tu oublies mon père!

Clémentine, la p'tite parfaite, fait sa maîtresse d'école:

— Il faut quand même que tu étudies.

— Pas besoin pour devenir chanteuse.

— Pareil pour moi, déclare Nicolas Tanguay. Je vais hériter du commerce de mes parents.

— Tu devrais au moins apprendre à compter, ricane Lapierre.

— Et la calculatrice, patate? Ce n'est pas pour les extraterrestres!

— Vous aurez l'air fin si ça ne marche pas, insiste Clémentine.

Il faut un diplôme pour réussir dans la vie.

Tanguay lui cloue le bec aussi sec:

— Tu retardes, Clémentine! Aujourd'hui, tout s'achète. Pour réussir, il suffit de savoir négocier. Et, à ce jeu-là, personne ne peut m'en montrer, même pas mes parents.

Fiou, il m'impressionne! On voit qu'il connaît son affaire. Je lui demande comment je peux… acheter mon père.

— Il faut être prêt à tout: promesses, mensonges…

— J'étais prête à cacher mon bulletin, lui dis-je.

Clémentine est scandalisée, mais Lapierre veut en savoir plus. Tanguay poursuit son cours.

C'est vraiment intéressant!

2
Sophie achète tout le monde

Dernière période de la journée. Mme Cantaloup remue les lèvres, sauf que je n'entends pas ce qu'elle dit. Je révise le cours de Tanguay. Enfin, la cloche! Je ramasse mes affaires en vitesse.

— Sophie! Tu oublies ton devoir de mathématiques! me souligne Clémentine. On doit le remettre demain.

Elle me fatigue! Elle se prend vraiment pour ma mère. Ma mère! Je me demande soudain si elle sera à la maison. Et, tout au long du trajet de retour, mon incertitude grandit.

Je crois que mes frères se posent la même question. En sortant de l'autobus, ils ne courent pas, ils me suivent en silence.

J'ouvre la porte de la maison. Aucun signe de vie. Un poids s'abat sur mes épaules. En tant qu'aînée, je deviens responsable de mes frères. Grrr! Je les entraîne à la cuisine pour manger une collation.

— Bonjour, les enfants!

Ma mère est là! Laurent et Julien se précipitent dans ses bras comme si elle revenait de la Lune. Je ne bouge pas. Je suis en colère: me faire une peur pareille!

Devant mon air enragé, ma mère prend enfin conscience de son comportement.

— Je suis désolée, dit-elle.

J'aurais dû vous rassurer ce matin.

Elle a planifié ses cours pour être de retour avant nous. Sinon Mamie sera là, car elle vient garder Bébé-Ange.

— J'ai même eu le temps de cuire une tarte! s'exclame ma mère, toute joyeuse.

— Non merci. Je veux étudier.

Je lui tourne le dos. Si elle croit m'amadouer avec une tarte. Mais oui, c'est ca! Ma mère a essayé de m'acheter! Incroyable. Tanguay a raison: tout s'achète. Il suffit de savoir négocier.

Je m'allonge sur mon lit pour réfléchir à la situation.

Si je reste fâchée, ma mère sera gentille avec moi. Et Mamie ne me refuse rien. Quant à mon père, je sais comment négocier

avec lui. D'abord, je dois montrer
que je suis devenue sérieuse…

À l'heure du repas, j'apporte
un livre et je mange en faisant
semblant d'étudier.

— Ce n'est pas la bonne façon, radote Julien.

Je voudrais lui tordre le cou, au petit génie. Il va déclencher une avalanche de réactions.

Ah non. Personne n'en rajoute. Le repas se déroule dans le calme, comme après une grosse peur. Je jette un oeil à ma montre. Plus que cinq minutes avant *La route des étoiles*.

Je quitte la cuisine tel un courant d'air. Je descends au sous-sol en espérant que mon père ne... Grrr, j'entends ses pas de dinosaure dans l'escalier…

— Qu'est-ce que je t'ai dit, Sophie?

Je joue à l'innocente:

— Que je dois travailler plus. Et j'ai déjà commencé, papa! Je vais avoir de meilleures notes, c'est certain.

— On verra à ton prochain

bulletin. Tu oublies cette émission. Compris?

Je réplique sur un ton dramatique:

— C'est injuste! Si j'ai de bonnes notes, j'aurai été punie pour rien pendant des semaines.

Mon père demeure bouche bée, l'air mêlé. Puis il reprend ses esprits. Il tranche la discussion par une menace:

— À la première mauvaise note, le couperet tombe.

Et il s'en va. Fiou, j'ai réussi à acheter mon père.

Je regarde mon émission dans la bonne humeur. Mais, en fermant le téléviseur, j'ai un choc terrible: mon devoir de mathématiques! Je n'y pensais plus. Je suis trop fatiguée, je vais avoir une mauvaise note. C'est certain.

Clémentine! Elle seule peut me sauver.

Je l'appelle et je lui raconte un tas de mensonges. Elle accepte de me donner une copie de son devoir. Je n'en reviens pas comme je suis bonne pour négocier. Et comme c'est efficace!

J'en ai la preuve les jours suivants. J'ai eu ma meilleure note en mathématiques. Et je n'ai jamais été aussi libre.

Ma mère monte étudier tous les soirs après le repas. Mon père doit ranger la cuisine et s'occuper de Bébé-Ange. Il est trop épuisé pour me surveiller.

Mamie a pitié de lui. Elle reste souvent pour l'aider. Et je peux parler à quelqu'un qui m'écoute. Je lui confie mes projets de carrière.

— Chanteuse! s'exclame Mamie. Ce n'est pas un métier facile, Sophie. Le succès n'est jamais garanti.

— Tu retardes, Mamie! Je n'ai qu'à gagner un concours. On devient une vedette tout de suite.

Mamie n'est pas convaincue. Je propose de lui faire une démonstration de mon talent. Elle me trouve drôle et suggère d'inviter la famille.

— Ils ont besoin d'un peu de gaieté, dit-elle.

Ma mère refuse, car elle a un examen demain. Sinon tout le monde descend au sous-sol pour suivre *La route des étoiles*. Même mon père. Incroyable!

Je leur en mets plein la vue. Je chante et je danse avec tous les concurrents. Bébé-Ange est déchaînée. Elle se dandine en hurlant. Et les autres tapent des mains. C'est la fête.

Elle est brusquement interrompue par un volcan en éruption: ma mère!

— C'est fini, ce tintamarre? Je vous entends d'en haut. Et Bébé-Ange devrait être couchée, lance-t-elle à mon père.

Puis elle repart en coup de vent.

Mon père soupire et s'en va avec Bébé-Ange. Il a peut-être compris que les études, ce n'est pas bon pour tout le monde.

3
Sophie doit se racheter

Le lendemain, je n'écoute pas en classe.

Après mon succès d'hier, je n'ai plus à m'inquiéter pour mon avenir. Je vois déjà... la Cantaloup! Elle est plantée devant moi.

— Le cours est fini, Sophie. Resterais-tu pour étudier? plaisante-t-elle.

Puis elle arrête de plaisanter. Elle me fait un discours plein de reproches. Que je suis paresseuse, distraite et blablabla...

— ... un effort avant la rencontre avec les parents. Et tu

auras l'occasion de te reprendre demain.

Je réponds oui, évidemment. Mais je ne me rappelle pas ce qu'il y a de spécial demain.

En montant dans l'autobus, je m'informe auprès de mes amis. Clémentine est ahurie. Elle me dit, d'une voix de souris épouvantée:

— Voyons! Le contrôle du trimestre en français!

Un électrochoc! Si je rate cet examen, je coule mon français. Tanguay paraît aussi terrifié. Il est plus blanc qu'une feuille de papier.

Et Lapierre en rajoute:

— Tu ne pourras jamais tout revoir en un soir. J'ai commencé hier et je nage en pleine purée.

Clémentine est sans pitié:

— Moi, j'en ai eu pour quatre jours et je me suis préparé des résumés. Je n'ai qu'à les réviser ce soir.

Tanguay et moi, on la regarde avec des yeux de rapace. Ou elle ne saisit pas notre message, ou elle joue à l'innocente! Je la pousse au pied du mur:

— Tu es notre amie, oui? Tu veux le demeurer? Alors tu nous refiles tes notes pour étudier.

La souris est prise au piège:

— Euh, d'accord, mais tout ça est chez moi.

— Internet, tu connais? réplique Tanguay.

Il a retrouvé des couleurs. Il me chuchote à l'oreille:

— J'ai un mode d'emploi infaillible pour le matériel de Clémentine. Et une tonne de friandises dans mon sac à dos. Ça t'intéresse?

Miam! C'est sûr que ça m'intéresse. Et si je me fie à sa méthode de négociation, je peux lui faire confiance. Je l'invite à la maison.

J'avertis la famille de ne pas nous déranger et j'entraîne Nicolas au sous-sol. Cette fois, je suis sérieuse, je veux vraiment étudier.

Tanguay ouvre aussitôt un sac de chips. J'en prends une poignée et j'allume l'ordinateur.

Pendant qu'on attend le courriel de Clémentine, il me révèle son mode d'emploi infaillible.

— C'est simple. Il suffit de tricher.

Je manque de m'étouffer.

— C'est ça, ta méthode! Ah non! Il y a trop de risques!

— Aucun. Je l'ai déjà fait, m'annonce-t-il.

Je n'en reviens pas! Je dois avouer qu'il m'épate. Il est moins niaiseux qu'il en a l'air. Il a réalisé son coup en secret, pareil à un aventurier. Il est sans peur:

— C'est du tout cuit avec les notes de Clémentine. Même pas besoin de transcrire la matière.

DING! Voici justement son courriel. Trois pages à son image. Parfaites. Tout est là, prêt à utiliser. C'est tentant. Je pourrais réussir mon examen à coup sûr.

Tanguay me bouscule:

— Alors tu marches?

Je décide de le suivre. Et, instantanément, j'ai une idée:

— On peut mettre tout le texte sur une page en réduisant le caractère au minimum.

— Ouais! Génial! s'exclame Tanguay.

Son enthousiasme me stimule. Je pétille d'idées.

— On va imprimer une copie normale et découper les résumés. On pourra choisir ceux qui nous causent des problèmes.

Comme on a beaucoup de problèmes, on se retrouve avec un tas de feuillets. La solution me vient aussitôt. Je partage la pile en deux.

— Ce sera facile de les échanger, on est assis l'un à côté de l'autre.

En roulant les papiers serré, on arrive à tout caser. Nos stylos sont bourrés à craquer. Je vous jure que c'est de l'ouvrage, de tricher. Le travail terminé, je suis épuisée.

Nicolas, lui, est en pleine forme. Sans doute parce qu'il a l'habitude. Et il est emballé:

— Tout est au poil! J'ai bien fait de m'associer à toi.

De sa part, c'est un beau compliment, fiou! Puis c'est vrai que j'ai eu de bonnes idées. Mais, dès qu'il est parti, je n'en suis plus aussi sûre. Je commence à me sentir mal. On dirait que j'ai moins envie de tricher.

Je pourrais peut-être m'en sauver si j'étudiais un peu…

4
Sophie est réduite
en miettes

Mme Cantaloup distribue les copies de l'examen. Plus elle approche, plus j'ai les nerfs en boule.

PLOC! L'examen tombe sur mon pupitre comme une bombe. Je le parcours rapidement en retenant mon souffle. La bombe éclate, tout vole et se mêle dans ma tête: les verbes, le pluriel, les accents…

Je jette un oeil sur Tanguay. Il est déjà à son affaire. Il a étalé ses stylos et il en choisit un sans hésiter.

Je reviens à ma copie. Je me

concentre sur une question. Le pluriel de hibou. Facile: s. Euh… Je ne suis plus certaine. Je passe à la question suivante. Du chinois. Je reviens à mon hibou, décidée à régler son cas.

J'ouvre la fermeture éclair de mon étui: mes stylos sont en paquet. J'essaie de me rappeler dans lequel j'ai mis le hibou. Le rouge,

oui! J'écarte les autres. On dirait qu'il y a un micro dans mon étui tellement ça fait du bruit.

Quelqu'un soupire d'impatience. C'est Tanguay! Je n'en reviens pas. Je lui donne un coup de genou. Il soupire de nouveau. Je comprends qu'il ne m'aidera pas. Un choc terrible pour moi!

Je m'agite sur ma chaise. Une pensée clignote dans ma tête: je vais couler mon examen. Nooon!

Les mains moites, je dévisse un stylo. Les feuillets m'échappent et tombent sous mon pupitre. Je me tortille pour les ramasser et là… j'aperçois les pieds de Mme Cantaloup. Mon coeur s'arrête.

— Sophie! Si tu as besoin d'aller aux toilettes, il faut le demander.

— Euh, oui, merci, madame Cantaloup.

Je sors de la classe, propulsée par une bouffée d'espoir. Dans ma poche, j'ai la page qui contient le texte complet de Clémentine.

Je m'enferme dans une cabine et je déplie la feuille.

Tout ce que je vois, c'est une grosse tache noire. Des milliers de mots minuscules. Et ils sautillent dans mes mains qui tremblent. J'écarquille les yeux et je trouve enfin mon hibou, avec un x au bout. Mais je suis de plus en plus énervée.

Je ne peux pas rester trop longtemps, ce serait louche. Ah! que j'ai peur! Je saisis au vol une autre réponse: difficile ne prend qu'un l. Et je jette la feuille dans

la cuvette en actionnant la chasse. Du coup, j'ai envie. Trop tard, je dois retourner en classe.

Je regagne ma place en trem-
blant de partout. Vite, j'écris mes
bonnes réponses avant de les
oublier. Hibou avec un s. Difficile avec deux l.

Je remplis le questionnaire au
hasard, incapable de réfléchir.
Dès que la cloche sonne, je bondis sous l'oeil ahuri de Mme Cantaloup. Pourvu que j'arrive à
temps aux toilettes! Oui, fiou…

Au moment d'actionner la
chasse, j'ai un dernier coup au
coeur. Ma feuille est toujours là,
qui flotte à la surface. Je plonge
les mains dans la cuvette pour en
faire une boulette. Elle disparaît
enfin.

Je suis détruite, réduite en
miettes.

En arrivant dans l'autobus,
j'aperçois mes amis qui rigolent.

Surtout Tanguay! Mes morceaux se recollent. Je ne suis plus qu'une grosse miette enragée qui roule vers lui et l'aplatit de bêtises.

Il n'est pas impressionné.

— Je n'allais pas te répondre alors que la Cantaloup approchait. Un fou! Et j'ai arrêté de tricher. J'ai compris que c'était trop risqué.

Et là, j'apprends qu'il n'avait jamais essayé avant. Hier, il m'a menti afin que je marche. Il savait que je prendrais les choses en mains.

— Je n'ai eu qu'à t'offrir des chips, et c'était dans le sac.

Scandaleux! Il m'a achetée! C'est la cerise sur ma journée! Et Clémentine en ajoute une autre. Elle est révoltée par ma conduite.

— Tu as utilisé mes notes pour tricher! Ne compte plus jamais sur moi pour t'aider.

Lapierre m'encourage à sa façon:

— Tu t'en sors bien, grosse tête! La Cantaloup aurait pu te coincer.

Ses paroles ne m'aident pas. On dirait qu'elles réveillent toute la peur que j'ai eue. Je la sens monter en moi. J'en ai des haut-le-coeur.

En descendant de l'autobus, je ne peux plus me retenir. Je vomis ma peur et le reste: l'examen, le hibou, Tanguay, les cerises, la boulette…

5
Sophie récolte
ce qu'elle a semé

Je ne veux pas attirer l'attention sur mon état lamentable et subir un interrogatoire. Je traverse la cuisine sans regarder personne:

— Je monte étudier!

Ma mère n'en revient pas:

— Tu as toute la fin de semaine, Sophie!

J'entends Mamie lui répondre:

— ... pas de trop avec le travail qui l'attend!

Pauvre Mamie, elle est si naïve qu'elle me croit. Elle est bien la seule.

Je m'effondre sur mon lit et je me ratatine comme un pain

pita. Vidée. J'ai à peine le temps de souffler que Mamie surgit dans ma chambre. Je ne l'ai jamais vue ainsi. Un *pit-bull*. Elle me jette d'un ton mordant:

— Mme Cantaloup a téléphoné.

Et c'est tout. Le silence. Et plus il dure, plus je m'affole. Tellement que je crie:

— Tout ce qu'elle t'a raconté est faux!

Mamie garde ses yeux de *pit-bull*. C'est trop terrible. J'éclate en sanglots. Elle ne se laisse pas attendrir.

— Et les feuillets qu'elle a trouvés sous ton pupitre, ils sont faux?

Je les avais oubliés! Je suis perdue, ma vie est ruinée. Quand

même, j'ai un sursaut de défense. J'accuse Nicolas Tanguay.

— C'est lui qui m'a entraînée!

— Il aura le sort qu'il mérite, me répond Mamie. Et toi aussi. On finit toujours par récolter ce qu'on sème.

Je suis dans un ascenseur qui descend à toute vitesse. Je vais m'écraser lorsque j'entends:

— ... reprendre ton examen lundi. J'ai réussi à convaincre Mme Cantaloup.

Je sanglote encore, mais je me sens renaître. Et il me semble que la voix de Mamie est moins dure:

— Je n'en ai pas parlé à tes parents. Ils ont assez de soucis en ce moment. Ce sera à toi de le faire quand tout sera terminé.

J'accepte en avalant de travers. Je suis prête à tout pour sortir de ce cauchemar.

— Je leur ai dit que je t'invitais pour la fin de semaine.

Alors là, je n'ai aucun problème à accepter. Je serai dans de meilleures conditions pour étudier. Il n'y aura personne pour m'embêter.

Je déchante en arrivant chez Mamie. Elle m'a préparé tout un programme. Et je vous jure qu'elle est sévère. Elle ne tolère aucune erreur. On répète et on répète…

Et ça marche! Incroyable ce qu'on peut apprendre en étudiant.

Puis je me prends au jeu. Chaque bonne réponse devient une victoire pour moi. Et surtout, ça fait plaisir à Mamie. Elle n'a plus rien d'un *pitbull*. Elle a recommencé à m'appeler son p'tit chou. Au pluriel: x!

* * *

Facile! Je suis passée à travers l'examen comme une flèche. Et j'ai le meilleur résultat de la classe.

Clémentine ne le digère pas.

— Quand je pense que tu es partie de zéro, c'est un vrai miracle!

— J'ai ma propre méthode, lui dis-je. Tu devrais être contente! Je n'aurai plus besoin de tes notes.

Et toc! la p'tite parfaite!

Tanguay le digère encore moins, car il a coulé son examen.

— Tu as triché et tu as eu la chance de te reprendre. C'est injuste.

Lui, je l'attendais au détour.

— Je peux aller te dénoncer, si tu y tiens.

Il blanchit à vue d'oeil. Et là, vous ne pouvez pas imaginer sa réaction. Il m'offre un sac de chips!

Il me prend pour une tarte! Il a vraiment besoin d'une leçon. J'accepte le sac, comme s'il avait réussi à m'acheter. Je l'ouvre et je répands les chips par terre. Fiou que ça fait du bien! Et je suis fière de moi, parce j'avais envie de les manger.

* * *

Je n'ai jamais eu si hâte de montrer un de mes examens. Mme Cantaloup y a collé un tas d'étoiles.

À l'heure du repas, je dépose ma copie dans l'assiette de mon père. Son visage s'illumine.

— Je suis ébloui, Sophie! Je savais que tu pouvais y arriver. J'ai eu raison de te faire confiance.

Aïe! Il ne faudrait pas qu'il sache que j'ai triché. Pas maintenant, en tout cas. Je ne veux pas lui gâcher son plaisir. C'est vrai!

Le repas se déroule dans l'harmonie. Puis mon frère Julien bousille tout d'un coup. Au moment de sortir de table, il s'exclame:

— Ah oui! Je vous rappelle que demain c'est la visite des parents à l'école.

— Vous venez! insiste Laurent. Pour une fois que mon prof n'a rien à me reprocher.

Ce ne sera pas le cas de la Cantaloup! Je regarde Mamie d'un air suppliant. Elle ne bronche pas. Dans ses yeux, je vois apparaître une lueur de *pitbull*. Je ne peux plus échapper à mon sort. Je baisse la tête et j'avoue tout à mes parents.

Il y a un silence qui pèse une tonne de briques. Je m'attends à la recevoir sur la tête.

Je n'en reviens pas. Mon père dit simplement:

— Je crois que cette expérience t'aura appris beaucoup de choses.

Je suis d'accord, évidemment. Et je répète les paroles de Mamie à propos du travail, de la récolte et tout et tout. Et je promets de ne plus recommencer.

— J'ai eu trop peur!

Mon père s'esclaffe. Par contre, ma mère ne me trouve pas drôle. C'est elle qui m'envoie la tonne de briques. Et la dernière est terrible.

— ... la honte de la famille! Mamie a eu tort de nous cacher ta conduite. On a l'air de parents qui...

— Tu as la mémoire courte, ma fille! l'interrompt brusquement Mamie.

Ma mère est estomaquée. Et elle le reste, parce que Mamie lui met les points sur les i. J'en apprends des belles sur son compte. Quand elle était jeune, elle ne pensait qu'à s'amuser. Elle rêvait de devenir une star de cinéma.

Mon père se moque d'elle. Il la compare à la cigale dans la fable de La Fontaine:

— Vous chantiez, mademoiselle? Eh bien, dansez maintenant!

Puis il éclate de rire. Suivi de Mamie. Et de ma mère, mais elle rit jaune.

C'est toute une leçon pour moi. Je n'ai pas envie d'aller encore à l'école à son âge, fiou. Et, en voyant ma copie d'examen, je comprends que les étoiles ne tombent pas du ciel. Sauf en rêve…

Table des matières

Achevé d'imprimer
en août deux mille cinq, sur les presses
de l'imprimerie Gauvin, Gatineau, Québec